Juliette

s'habille
toute seule

Texte et illustrations de
Doris Lauer

Editions Lito

Bonjour !
Je m'appelle Juliette et je sais déjà m'habiller toute seule.

C'est tout bête !
Il faut toujours commencer par
les sous-vêtements en coton.

Ma petite culotte, je l'enfile :
c'est pas très difficile.

Puis ma petite chemise d'hier,
l'étiquette toujours derrière.

Mes chaussettes à gros pois,
une à la fois et à l'endroit.

Ma chemisette à fleurettes...
Zut ! Les boutons, c'est devant !

Mettre les boutons dans les trous.
Pfff... il y en a beaucoup!

Puis la belle salopette verte
que ma mamie m'a offerte.

Oh, les deux pieds dans
la même jambe. Aïe! Ouille!
j'ai une crampe!

Il reste les bretelles à remonter... Ah, si elles n'étaient pas si emberlificotées !

Et maintenant, mes chaussures...

Mon blouson : je le pose par terre,
bien à plat...

Et voilà !

C'est la maîtresse qui m'a dit
de le mettre comme ça !

Coucou ! Je suis prête !

www.editionslito.com

Lito
41, rue de Verdun 94500 Champigny-sur-Marne
Imprimé en UE
Loi n° 49-956 du 16 juillet 1949 sur les publications destinées à la jeunesse
Dépôt légal : février 2010